Trens, Asperger & uma Kombi Lotada de Explosivos

@RODRIGOOLIVEIRAESCRITOR

Trens, Asperger & uma Kombi Lotada de Explosivos

Copyright © 2023 Rodrigo Oliveira
Copyright © 2023 INSIGNIA EDITORIAL LTDA

Todos os direitos reservados. Nenhuma parte desta publicação pode ser reproduzida ou transmitida de qualquer forma ou por qualquer meio - gráfico, eletrónico ou mecánico, incluindo fotocópia, gravação ou outros - sem o consentimento prévio por escrito da editora.

EDITOR: Felipe Colbert

ILUSTRAÇÕES, ARTE E TEXTO: Rodrigo Oliveira

Publicado por Insignia Editorial
www.insigniaeditorial.com.br
Instagram: @insigniaeditorial
Facebook: facebook.com/insigniaeditorial
E-mail: contato@insigniaeditorial.com.br

Impresso no Brasil.

Dados Internacionais de Catalogação na Publicação (CIP)
(Câmara Brasileira do Livro, SP, Brasil)

Oliveira, Rodrigo
   Trens, asperger & uma kombi lotada de explosivos /
Rodrigo Oliveira. -- 1. ed. -- São Paulo : Insignia
Editorial, 2023.

   ISBN 978-65-84839-28-1

   1. Romance brasileiro 2. Síndrome de Asperger
3. TEA (Transtorno do Espectro Autista) I. Título.

23-183921   CDD-B869.3

Índices para catálogo sistemático:

1. Romances : Literatura brasileira   B869.3

Aline Graziele Benitez - Bibliotecária - CRB-1/3129

Olivia

RODRIGO

OLIVEIRA

Em memória do meu
pai - Odilon, com quem
aprendi muitas coisas.
Ele era a pessoa que eu
gostaria de ser.

Para Victor, meu estimado
amigo diagnosticado no
espectro Autista (TEA), por
me inspirar e lembrar a
simplicidade necessária para
ter o coração dos bons.

NÃO LEIA

FIQUE LONGE DESTE DIÁRIO

Asperger (Transtorno do Espectro Autista - TEA), explicado de maneira simples, é uma das formas mais leves do autismo. Hoje, segundo a Organização Mundial da Saúde (OMS), atinge uma em cada 160 crianças no mundo. São dois milhões de pessoas só no Brasil.

Eu sou uma delas.

TUDO TEM A SUA CAIXA

<u>Querido Arthur</u>

Foi com tristeza que soube da morte de seu amado avô, um homem que deixou um belo testemunho cristão para essa nossa humilde paróquia.

Apresentando à família enlutada meus sinceros pêsames, coloco nossa igrejinha à disposição, estendendo sobre todos o conforto do Altíssimo, rezando para que a alma do valoroso Haskel encontre paz e descanso.

Pe. Ângelo

Tenho fixação por trens.

É verdade. Passo horas escondido contando números primos, tocando a minha gaita blues ou lendo os cards do *Supertrunfo Trens* e aprendendo o máximo que posso para ser um ótimo maquinista. Seria natural supor que estou bolando alguma nova travessura. Mas faço isso apenas porque gosto ~~e me ajuda a ficar tranquilo~~.

É aterrorizante estar desprotegido, não compreender as coisas à minha volta, evitar de me irritar com os sons ou com a proximidade de pessoas que sequer conheço bem. Isso me faz sentir nas tripas um novo tipo de entusiasmo. E não é coragem ou euforia. As pernas sambam inquietas e a respiração descompassa. Ponho tudo para fora do estômago – muitas vezes – porque não sou forte como era o vô. Por isso, embora eu sempre me acalme esperando dentro do sofá, embaixo da cama ou em outro esconderijo grande como é o armário da garagem, em quase todas às vezes, é bem difícil. Eu sei, preciso ser cuidadoso e não revelar todos os meus esconderijos – que são quatro. Mas posso contar que fui um garoto feliz enquanto pude tê-los.

Fixação é um hiperfoco - quando você gosta demais de certa coisa.

Ahh! Antes que eu esqueça de me apresentar, o que seria bastante grosseiro, me chamo Artur. Tenho ~~onze~~ anos e ~~cinco~~ meses e nenhuma das ~~trinta e duas~~ pessoas que conheço hoje podem pilotar um trem como o vô fez por anos. Isso significa que eu teria que conhecer outras pessoas capazes de me ensinar. Acontece que o "número de Dunbar" define que uma pessoa comum tem capacidade de manter cerca de cento e cinquenta amizades em toda a sua vida. Esse estudo, do antropólogo inglês Robin Dunbar, diz que isso se mantém desde os primórdios da humanidade e não mudou mesmo com a invenção das redes sociais digitais. Acredito nele, pois é um dos mais importantes estudiosos da psicologia evolutiva. Mas há ~~oito~~ bilhões de pessoas espalhadas pelo mundo neste momento e não gosto de conhecer gente nova. Isso reduz drasticamente as minhas chances de ser um maquinista, já que terei que achar as ~~cerca de cem ou cento e vinte~~ pessoas restantes dentro deste mundaréu de gente. Dizem que sou assim porque sou esquisito, mas isso é uma mentira. Por isso, resolvi registrar a minha história. Mas vou contá-la do meu jeito. Não se pode confiar nas pessoas que não conhecemos bem. Dessa forma, quando algum intrometido ler, embora eu queira que isso aqui se mantenha em segredo, será possível entender que eu sempre digo a verdade. Sempre! Mas aconselho você a ficar bem longe deste diário.

Mentira é quando você diz algo que nunca aconteceu ou não existe.

Não é fácil compreender que mentiras são diferentes de metáforas. Sei disso agora porque o vô me ensinou. Ele explicou que uma metáfora é quando comparamos uma coisa usando o significado de outra – o que costuma ser bastante confuso.

Gosto de comparar coisas. Imagino que tudo no mundo foi feito a partir de caixas. Edifícios, casas, escolas. O mundo, por exemplo, é uma caixa enorme porque guarda dentro de si todas as demais. E ainda que as caixas pequenas não sejam tão interessantes quantos as grandonas, é fácil saber o que elas guardam dentro de si, já que no próprio nome, todas explicam tudo o que são: caixa de bombons, caixa de lenços, caixa de ovos.

Adoro saber disso!

Mas considero estranha a existência de tantos nomes para objetos que poderiam muito bem ter apenas um: caixa.

Prisões, shoppings e hospitais. Se tudo é uma caixa, pra quê dar um nome diferente?!

Acho que se as pessoas percebessem importância delas, naturalmente fariam guerra pelas caixas umas das outras. De qualquer forma, não é da minha conta cuidar do que os outros fazem, mesmo quando alguém faz algo idiota achando estar sendo muito esperto. Mas a vida é difícil pra todo mundo, principalmente para aqueles que não mentem, são tolos ou diferentes da maioria. A realidade é assim. Tão difícil de entender quanto raciocinar com a cabeça cheia de metáforas ou perguntas sem sentido que não lhe deixam responder. Elas vão se acumulando assim como acontece com a caixinha do correio quando não pegamos a correspondência por muitos dias e te confundem. E foi assim que entendi o que uma metáfora significava.

Acredite!

Detesto pensar em me relacionar com novas pessoas ou idiotas! E a principal razão é que elas me confundem. Por isso sempre ando com a minha pochete. Assim posso pegar a minha gaita blues e tocá-la, pensar nas notas de Baba O'Riley do The Who ou contar os números primos pra impedir que as palavras entrem pelo meu ouvido, embaralhando o que estou pensando, lotando minha cabeça como as cartas fazem com a caixa do correio. Sempre me fechei para as pessoas que não sabem lidar comigo e, mais recentemente, para aquelas que não podem me ensinar a pilotar ou a enfrentar uma situação desconhecida como o luto é pra mim. Mas neste diário não trato sobre Asperger, fatos ou verdades. Cuido apenas de dizer aquilo o que estou sentindo neste exato momento com a inesperada morte do meu vô. Não sou um tolo.

Meu cérebro apenas não se comporta como o de um neurotípico.

Lista de coisas na minha pochete

Uma gaita Blues
Mentos frutas vermelhas
Supertrunfo trens
Lanterna tática do exército
Meu cartão de identificação
Dicionário de bolso
Um mapa do bairro feito por mim

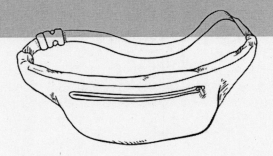

CARA
DE
AVISO

QUERIA MESMO UM BORDER COLLIE

entileza é uma coisa estranha para se pedir para um garoto como eu, propenso a interpretar literalmente as coisas, com sérias dificuldades para compreender sarcasmo, piadas, metáforas ou expressões incomuns. Acho estranho tudo isso. O vô não me ensinou a lidar com todas as coisas, mas mesmo assim pediu que eu fosse gentil, logo que saiu do coma, pouco tempo antes de morrer. Quando somos gentis com os outros, ajudamos a tornar o ambiente mais agradável. Ser gentil é ser amável, cortês. Gostava mesmo de nossas conversas sobre rock, quando ele estava em casa e penteava o seu bigode negro diante do espelho, e não de conversas como essa. Adorava vê-lo pentear os bigodes antes de dormir, contando histórias, imitando o Robert Smith enquanto fingia passar batom nos lábios, cantando *Love Cats* ou mesmo quando cantava *Love My Way* do The Psycodelic Furs, com todo aquele gestual do Richard Butler, magro e desajeitado, me fazendo rir muito. Aquele era um momento só nosso. E pentear-se antes de dormir era um hábito esquisito que ele tinha. Normal seria fazê-lo pra sair e passear. Sempre imaginei para onde o velho Haskel estaria indo. De qualquer forma, era legal observá-lo contando as suas aventuras, dançando e gesticulando com suas mãos magrelas e sua voz suave e refinada. Seu corpo ossudo e ombros grandes pendurando camisetas largas e estampadas, sempre com algum motivo floral colorido, era naturalmente engraçado de se ver.

Os anos todos em que trabalhou na Estrada de Ferro Santos/Jundiaí pilotando trens de carga renderam boas histórias. Também tenho as minhas pra contar, pois fizemos muitas delas juntos. Praticamente cresci dentro das cabines porque não podia ficar sozinho. Nas ferrovias americanas, os maquinistas tinham o conforto de um vagão que era acoplado no fim do comboio, chamado *Caboose*. Nele, podiam descansar, cuidar dos documentos relacionados à burocracia da viagem e, caso o trem necessitasse de uma parada de emergência em locais gelados, servia como abrigo contra o tempo ruim. No Brasil, era conhecido como vagão guarda-freios. Foi onde passei boa parte da minha infância, viajando com o vô. Meu pai sempre esteve fora, ocupado demais escrevendo livros e ganhando prêmios pelo país. Por isso, jamais tivemos qualquer tipo de contato frequente. Também jamais conheci qualquer outra pessoa da família fora das fotos em álbuns.

Mas o que preciso pra ser um bom maquinista?

- Viajar sozinho e poder ficar longe de casa por semanas
- Trabalhar muito, mas ser bem remunerado
- Ter vocação
- Ter mais de dezoito anos
- Segundo grau completo
- Ter um Border Collie

O cachorro não é necessário. Mas eu gostaria de não viajar sozinho.

Depois de pentear-se, o vô sempre bocejava e me dizia *"boa noite, campeão!"*. Eu também bocejava porque não conseguia evitar. Depois dormia, embora quisesse ser forte como ele e ficar acordado; ainda que não tivesse um bigode negro e grosso como o dele. Mesmo que eu não tenha sido superior em nada.

Campeão é aquele que vence uma competição - o melhor.

O velho Haskel orgulhava-se por parecer o Tom Selleck – ator famoso de um seriado americano dos anos 80. Quando estava de folga, não saia sem suas camisetas floreadas, sua bike antiga ou seu Miura vermelho conversível.

Ele gostava mesmo de se parecer com o Magnum. Já eu, só queria ser como ele.

Ao pensar nisso, sinto a raiva remexendo as minhas tripas como se as rodas quentes de um trem corressem dentro delas. Um TGV-V150 (Weltrekord), porque esse é o modelo mais rápido do mundo hoje, tem quatro eixos, vinte e dois metros de comprimento e chega a 574 km/h. Queria que ele estivesse parado agora. Logo, não gosto da sensação de imaginá-lo correndo sem parar dentro de mim. Não compreendo como o vô pôde morrer desta forma. Não aceito que ele tenha feito isso comigo – não entendo. E isso é ainda mais devastador.

No dia do velório, fico agitado e me escondo dentro do sofá que fica na lavanderia – meu esconderijo preferido. Enfio as mãos entre as duas pernas e tranço os dedos com bastante força até que os nós deles fiquem completamente brancos. Está tudo tão quieto e triste que adormeço contando números primos.

Já que você se dispôs a xeretar o meu diário, por que não experimenta desenhar um destes bigodes maneiros em mim? Mas seja criterioso, escolha apenas um dos modelos abaixo. E se ficar legal, você pode compartilhar nas redes sociais e marcar o meu amigo @rodrigooliveiraescritor. Ele adora essas brincadeiras.

Jimi Hendrix

Freddie Mercury

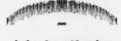
John Lee Hooker

Tommy Iommi

Vovô Haskel

MUSTACHES
BIGODES LEGAIS PARA QUANDO EU FOR ADULTO

O uso do mustache, palavra inglesa que em português significa bigode, historicamente está relacionado a valores como integridade, honra e tradição

OLHAR REVERSO
e controverso

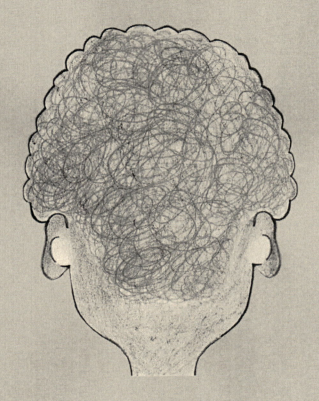

Essa é a minha nuca. É maneiro porque lembra <<nunca>>.
E não me lembro de já ter visto alguém fazer
um autorretrato assim.

Uso minha capa de chuva para apoiar a cabeça como um travesseiro com cheiro de sacola de supermercado. Eu sei, é esquisito – todos dizem isso. Não tenho nenhum sonho durante todo esse tempo e, quando acordo, tenho um novo tipo de agitação exagerada. Mas, antes de chegar a me debater, lembro que nem tudo pode ser definido na vida como é no dicionário, por maior que seja a edição.

Às vezes Deus apenas está experimentando seu pincel e tintas.

Como na beleza de um céu índigo ou do colorido de um momento único. Pelo menos era o que o Vô Haskel costumava me dizer. Respiro profundamente até conseguir não estar apavorado. Um pincel e muita tinta, meu querido Artur. Muita tinta.

O velho Haskel tinha muitas frases boas.

Essa é a primeira vez que uma crise passa sem que ele esteja aqui pra me acalmar. Meu pai é bem diferente dele e está sempre reclamando. Ele tem aroma de banho tomado. Os olhos castanhos dele saltam do globo e as sobrancelhas são distantes uma da outra. E, ainda que seja um cara muito inteligente, não quero ir morar com ele. Um estranho não pode surgir aqui sem mais nem menos e me pedir para me mudar para São Paulo, deixar tudo para trás. Quero apenas estar aqui, ser um bom maquinista e ter um Border Collie preto e branco que possa viajar comigo, um bicho confiável e ardiloso como era o vô.

Isso significa que eles são muito espertos.

Saber o que um cachorro está pensando é muito fácil porque se ele lamber ou abanar o rabo, quer dizer que está feliz. Mas, quando um cão está bravo ou chateado, ele mostra os dentes. O vô chamava isso de "cara de aviso". Também sou esperto e não confio no meu pai. Penso que a qualquer momento ele também pode me deixar para escrever um novo livro, ir em busca de outro prêmio idiota por aí ou morrer sem nenhum significado considerado profundo.

Quem sabe o pai desista se eu lhe mostrar meus dentes, simplesmente?

Essa é uma estratégia para eu pensar, embora sempre ganhe um disco novo pra cada expressão diferente que eu aprenda com ele, o que é bem legal. Naturalmente, não pode ser qualquer coisa. O critério é um pouco "subjetivo", palavra que me valeu o Zooropa que eu tanto queria ganhar. Em poucos dias, já consegui vinis bem maneiros.

Maneiro é uma gíria carioca que significa que uma coisa é muito legal.

Ganhei o vinil do Iron Maiden porque entendi sozinho o que significava "ardil". Ele é um disco bem legal, vibrante. Foi direto para a minha estante de discos clássicos na posição I – de Iron Maiden. Gosto de listas. Elas deixam tudo organizado, assim como fazem também as caixas. Tenho ~~431~~ títulos, mas não são todos que vão para o hall dos clássicos. Este é o sexto álbum de estúdio do Iron Maiden e se chama *Somewhere In Time*. Conheço muito sobre rock porque o velho Haskel me ensinava. Também gosto de pesquisas e estudo a história da música em casa. O Iron era a banda favorita dele. E a faixa que eu mais gostei no disco foi a *Wasted Years*, porque fala do tempo e tem uma frase excelente:

"É engraçado, não é?
Você nunca sente falta até perder".

Eu nunca tinha parado pra pensar nisso. Mas, agora que o vovô não está mais conosco, a frase faz todo sentido pra mim. "Foi embora... num trem verde como aquele que ele conduzia", disse o pai.

Meu vô sempre quis ter um autógrafo do Bruce. Dizia que essa seria a sua história definitiva. Aquela que marcaria a sua trajetória como fã de rock e piloto. Eu achava isso tolo, mas nunca o vi desejando mais nada nessa vida. Terminou que o velho não pôde tê-lo no final de tudo. Fracassou – morreu de repente, deixando pra mim a tarefa. Prometi que faria tudo o que fosse possível para conseguir. Aí ele me disse: "Garoto, se um dia conseguir falar com o Bruce, seja gentil – sorria e conte uma piada!" Queria que o velho Haskel estivesse aqui. Assim, poderíamos ouvir o disco juntos e trocar histórias sobre as nossas viagens. Queria que ele soubesse que eu jamais mostraria os meus dentes para o Bruce, que é um cara maneiro. Quem sabe um autógrafo no meu card D4Thalys-PBKA, o trem de alta velocidade derivado do TGV francês que mais gosto, seja o bastante pra que eu me torne um campeão de fato e honre o meu avô?

Pensando bem, todo autógrafo
tem muita história!

Achei que o pai soubesse alguma coisa sobre rock por causa do disco que ele trouxe pra mim. Mas depois descobri que ele não sabe nada sobre música nenhuma, sempre preferiu a literatura. Pessoas como ele não têm a mesma capacidade que as demais de perceber ou imaginar a música. Acho que ele pode ter sido prejudicado por algum tipo lesão cerebral. Há muitas formas de lesão deste tipo, sabia? Imagino algum trauma ou coisa assim, embora pareça bobagem, uma vez que ele é um escritor ardiloso e tem boa inteligência. Mas os médicos nunca encontraram nada. O fato é que talvez o pai esteja condenado a nunca perceber a beleza de um *riff* do Page ou dos solos do Slash. Talvez não possa nunca decidir entre Frédéric Chopin e Ernesto Nazareth. Classifiquei meu disco novo pelo nome da banda, neste caso "I", e não pelo nome do álbum que era "S", onde fica o *Sgt. Pepears Lonely Hearts Club Band* dos Beatles, porque esse seria o meu segundo critério. E por falar em critério, o meu cantor favorito é John Lee Hooker por causa da música simples, a roupa maneira e o bigode estilo pencil. Se todo mundo soubesse o quanto é legal ter um bigode, todo artista teria um. Existem vários cortes característicos que podem definir a imagem dessa turma. O Freddie Mercury, por exemplo, todo mundo o reconhece assim que vê o bigode dele.

Bigode estilo pencil contorna o lábio superior apenas.

Agora eu vou dormir. Mas, claro, sem me pentear. Ainda não tenho um cachorro, um bigode negro, grosso e grande. Também não tenho o autógrafo do Bruce nem algum lugar aonde ir. Acho gentil avisá-los sobre isso.

Talvez um dia eu fique bom nessa coisa de gentileza.

Também é interessante avisá-los que, depois do velório do velho Haskel, não tive escolha, me mudei para o Copan no centro da megalópole São Paulo.

MAPA DO BAIRRO FEITO POR MIM

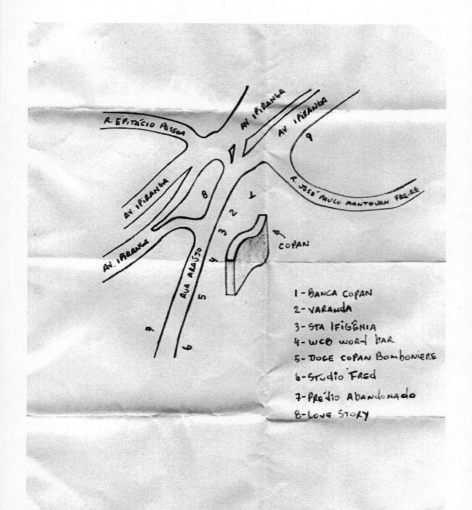

Nada mal para um menino com quase 12 anos de idade, não acha?

Lista de gírias que eu não entendo por que são usadas

Bagulho – uma coisa qualquer

Colaí – venha até aqui

Da hora – muito legal

De boas - tranquilo

Deu ruim – alguma coisa não deu certo

Firmeza – está tudo certo

Mano – equivalente a irmão ou amigo

Mermão – equivalente a irmão ou amigo

Tô ligado – estou sabendo

Zuado – de má qualidade, feio, estragado

BONS LUGARES

MANTENHA SEGREDO!

Padre Ângelo,

Gostaria que escrevesse meu nome corretamente. Também gostaria que não chamasse meu avô de Altíssimo. A estatura dele não deveria ser o tema desta carta, tampouco você tem o direito de oferecer o que não lhe pertence. Mas agradeço por me ensinar uma palavra nova (enlutada), embora eu ainda não a compreenda bem. Mas achei bem legal porque lembra enlatada.

Artur

Pesquisando bons lugares pra um bom esconderijo em casa, hoje encontrei a seguinte pergunta num fórum: Como construo um esconderijo subterrâneo em casa?

Sou Alexandre, tenho onze anos e meio. Eu e os meus irmãos queremos construir um esconderijo em casa onde tem um monte de mato. Queremos um esconderijo subterrâneo onde ninguém nos encontre. Alguém entende do assunto e poderia nos ajudar?

2 meses atrás
Melhor resposta - Escolhida por votação

Um esconderijo subterrâneo é muito perigoso, não façam isso! Ele poderá desmoronar sobre vocês. Inventem outra brincadeira menos perigosa.

2 meses atrás
Outras Respostas (3)

Olá! Muito legal você querer ter um esconderijo. Eu entendo de assuntos deste tipo, mas infelizmente não posso revelar como tenho perícia sobre isso. Bom, o subterrâneo é legal, mas pode ser difícil e caro. Também levaria muito tempo para ser construído, revelando a sua posição. Mas posso ajudá-lo a pensar em alternativas! Primeiramente temos que ter um projeto bastante concreto. E isso é bastante difícil na nossa idade. Porém, tem lugares bem práticos:

- Esconderijos normalmente são individuais. Mais de uma pessoa nele tornará o lugar apertado, onde o contato será inevitável e você poderá não aguentar ficar ali por muitas horas desenhando, narrando seu diário ou apenas pensando em notas musicais ou números primos.

- Esse lugar precisa ser seguro pra você ficar protegido e quente. Sofás e armários costumam ser bons locais desde que fiquem em áreas pouco movimentadas como quartos, lavanderias ou garagens.

- Você precisará fazer com que ninguém descubra seu esconderijo. Nunca vá até ele quando alguém estiver espiando. Não esqueça objetos pessoais ou lixo dentro deles porque pode revelá-lo e atrair insetos indesejados e perigosos como aranhas.

- É sempre bom ter uma saída de emergência. A tampa traseira do armário costuma soltar facilmente porque os pregos são pequenos e frágeis. A dos sofás também, porque é fácil cortá-la com um estilete, desde que eles não fiquem totalmente colados na parede. Assim, você poderá escapar rapidamente caso tenha algum inseto ali.

- Tenha um esconderijo alternativo onde seus pais saberão encontrá-lo facilmente. Isso é apenas um modo de mostrar que você está muito chateado. Pais não costumam respeitar o nosso espaço totalmente. Por isso, um local assim deixará claro que você só quer privacidade.

Não há no mundo um esconderijo que te proteja da dor de crescer e se tornar adulto.

Eles também não são capazes de impedir que a sua coluna doa de uma forma tão intensa que comprometa a sua própria personalidade. Mas jamais peça ajuda para os seus pais com relação a um bom esconderijo, caso eles ainda existam. Lugares secretos são para pessoas especiais e você pode ser abandonado à própria sorte por alguém que prefira escrever livros e viajar. Se tiver alguma dúvida, busque no Google.

Meus esconderijos
na casa nova são:

QG1– No meu lugar secreto.

QG2 – Dentro do armário.

QG3 – Dentro do sofá.

QG4 – Debaixo da cama do pai - local alternativo.

Lista de 10 lugares perigosos
onde crianças não devem brincar

Elevadores.

Escadas e corrimãos.

Fornos, fogões e lareiras onde podem se queimar.

Locais altos de onde elas possam cair.

Máquinas de lavar e secar, onde podem se prender dentro.

Onde adultos guardam ferramentas que podem causar um acidente.

Piscinas e banheiras, se estiverem sozinhas ou sem supervisão.

Próximo a fios expostos que podem causar choque elétrico.

Próximo de veículos estacionados.

Qualquer lugar na cozinha, onde não se deve brincar.

PHILIPS
1988

VIRANDO ESCRITOR

Indústria Farmacêutica,

Você é desprezível. Sim, você tem muita culpa nisso. Seus remédios nem diminuem a dor dos enfermos ou daqueles que precisam contar muitos números primos para evitar pensar nisso. Mas embora seja muito legal ter aprendido essa palavra nova (enfermo), é triste perceber que vocês lucram para tratar doenças por um preço muito mais alto — e que muitas vezes não curam. Permitem que milhões de pessoas se tornem dependentes. E caso não tenham percebido, desprezível quer dizer que vocês não merecem meu respeito ou admiração exatamente por isso.

Artur

Desde que vi o meu vô em coma no hospital, tenho pensado em escrever. Essa é uma ideia que roda meu cérebro como se fosse um bicho de goiaba assim que o meu terapeuta a sugeriu. É naturalmente triste lembrar do vô naquela cama. Então, ocupar a cabeça escrevendo a minha história é difícil, mas muito bom. Embora mudar para São Paulo também tenha ajudado muito a aumentar o meu ressentimento.

Falei para o doutor que não queria narrar sobre as coisas na minha mente. Agora eu acho que só não queria pensar nas coisas que estavam acontecendo com a gente. Apesar disso, não sou mais uma criança e sei que não há mais retorno para a nossa antiga vida.

Um livro pode ser diferente da realidade porque os escritores possuem uma coisa chamada licença poética. Eu não sei bem o que é isso, mas sei que faz com que as histórias sejam ficção, o que significa que não são mentiras. Elas são inventadas apenas para divertir as pessoas.

Isso faz dessas pessoas escritoras e não mentirosas.

No meu caso é um pouco mais complicado. Trata-se de um diário. As coisas difíceis que não sei escrever, o pai me explica. Quando eu não conheço as palavras que ele está dizendo, procuro no meu dicionário. Eu leio o significado e depois copio. Algumas palavras nós já lemos juntos, então ele pergunta se eu me lembro dela. Respondo que não quando não lembro. Mas se aprendo palavras novas ganho coisas, tipo Mentos de frutas vermelhas ou discos. Às vezes, quando a dor da minha coluna piora muito, também ganho.

Ser escritor é fácil. Basta dizer o que estamos pensando e conhecer metáforas, embora ficar sentado muitas horas escrevendo, pra quem tem um problema grave na coluna, seja bem desagradável.

Tenho um tipo muito desconfortável de alteração na minha coluna. Isso me debilita muitas vezes, mas não chega a me entristecer. Mas as dores constantes podem modificar muito o humor de uma pessoa, mesmo daquelas que já são fortes o suficiente.

Sou muito bom em pôr no papel as minhas ideias. Só não entendo as metáforas novas que não me foram explicadas. No começo eu fiquei bastante confuso, admito. Como o pai com canções bastante conhecidas. Eu, por outro lado, posso ouvir discos inteiros em minha cabeça, tão vívidos quanto aqueles que ponho pra tocar na minha vitrola Philips de 1988. Gosto deles porque é possível ouvir a música somente com o atrito entre a agulha e o vinil. No caso de discos que conheço bem, apenas pensar em determinada música dispara a imagem de uma linha que percorre o sulco do vinil em minha memória, tornando fácil saber exatamente em qual ponto do disco a agulha estaria posicionada e, também, qual seria a música a seguir e a próxima, num processo difícil de interromper. Essas reproduções curiosamente têm uma recordação associada, como quando eu ganhei a capa azul de chuva que uso. Algumas lembranças são tão boas que sou capaz de tocar aquela trilha relacionada vezes suficientes pra dormir e sonhar com elas.

Esse processo é cansativo fisicamente e, por vezes, essas reproduções viram um fundo constante em minha mente. E a melhor maneira que encontrei para dar vazão a esses pensamentos foi através deste diário. Sempre que estou no meu quarto, deixo um disco tocando. Acredito que de alguma forma esse costume esteja afetando meu pai, já que hoje ele reconhece *Hotel Califórnia*, mesmo que continue achando se tratar de Pink Floyd.

Hoje fomos ao hospital. Mas desta vez não foi pra visitar o vô porque ele já foi cremado. Foi para eu passar por uns exames. Tem sido difícil me concentrar nos meus *cards*, nas pesquisas ou neste diário. O pai disse que talvez eu passe por uma cirurgia. Não fiquei com medo porque eles aplicam uma anestesia. Então eu durmo como se estivesse protegido e quente em algum esconderijo.

Lista dos escritores
admirados pelo meu pai

Charlotte Brontë - escritora inglesa

F. Scott Fitzgerald - escritor americano

Franz Kafka - escritor austríaco

George Eliot - escritora inglesa

Harper Lee - escritora americana

J.R.R. Tolkien - escritor britânico

Jane Austen - romancista inglesa

Machado de Assis - escritor brasileiro

Mark Twain - escritor americano

Rudyard Kipling - escritor inglês

MAIS DO MESMO

A ENTREVISTA COM O PAI

Meu pai já foi entrevistado muitas vezes nesta vida. Nunca me importei muito em lê-las. Mas transcrevo aqui a entrevista que o pai deu pra uma revista e que consiste em respostas curtas e rápidas.

Como é que se chama seu novo livro?
Xavier: Síndrome.

E ele fala sobre o quê?
Xavier: Fala sobre amor.

Quanto ele já vendeu?
Xavier: Quinhentas mil cópias, eu acho. Estamos lançando a 6ª edição.

Qual é o seu programa de TV favorito?
Xavier: Humm. Eu não tenho um.

Qual é a melhor coisa de ser famoso?
Xavier: Poder. Significa que vivo o meu sonho e ganho por isto.

Tem alguma fobia?
Xavier: Odeio aranhas!

Metade cheia ou metade vazia?
Xavier: Meio a meio.

Há alguma coisa que você queira falar para as pessoas?
Xavier: Sonhar, planejar, cair e prosseguir são as únicas coisas que te farão não depender da sorte.

Você prefere o errado fácil ou o certo difícil?
Xavier: Errado não é uma opção.

Já mentiu antes?

Xavier: A vida é feita de pequenas mentiras sociais.

Do que mais se orgulha na vida?
Xavier: Do meu filho.

Qual a coisa mais estranha que já fez na vida?
Xavier: Abandoná-lo.

Qual a melhor cor?
Xavier: Verde.

Qual o tipo de música que mais gosta?
Xavier: Não escuto música.

Quanto tempo passa em frente ao computador?
Xavier: Depende se estou trabalhando num livro novo. Às vezes, 10 horas num dia.

Se voltasse ao passado consertaria seus erros ou reviveria tudo novamente?
Xavier: Tentaria consertá-los. O que faria de mim alguém diferente do que sou.

Uma situação que você jamais desejaria viver?
Xavier: Perder aqueles que amo.

Qual, em sua opinião, é a melhor piada?
Xavier: Aquela em que todos riem.

Cite um momento especial que você guarda na memória?
Xavier: O nascimento do meu filho.

O Google sabe que você existe?
Xavier: Infelizmente, há alguns anos.

Lista com as mentiras sociais mais comuns que eu conheço

Desculpa, não posso ir.
Estou cansado.
Estou sem fome.
Eu não bebo tanto.
Não fui eu.
Não sei quem fez isso.
Não vi sua mensagem.
Não vou ler seu diário.
Preciso ir nesta premiação.
Você não parece tão velho.

Estudos mostram que a mentira pode se espalhar em grupos sociais. Quando uma pessoa mente, outras tendem a seguir o exemplo para manter a coesão social e evitar se destacar. Esse fenômeno é conhecido como "contágio da mentira".

A VIDA
É UMA
KOMBI

TRABALHANDO NUM PROJETO

Meu vô costumava dizer: "A vida é como uma Kombi lotada de explosivos". Acho que é verdade, um dia ela te pega andando numa bicicleta. O dia dele foi há um ano. Assim, eu que jamais tive qualquer tipo de contato com o meu pai no passado, que nunca dividi com ele qualquer gosto em comum, fui obrigado a vir viver com ele. Nunca fomos amigos. Papai foi embora quando percebeu que viajar o mundo pra escrever seus livros e contar mentiras era mais importante do que criar seu filho. Deve ser mais fácil amar alguém quando não se tem nenhum compromisso com essa pessoa.

Mas, agora que o vovô morreu, estamos aqui trabalhando nisso que ele chamou de projeto, enquanto afofava um lugar vazio entre um cacho e outro de cabelos. Talvez tenha aprendido que mentir não é honesto e por isso quis voltar.

Disse que seria bom passarmos algum tempo juntos pra reconstruir a nossa relação. Acho que podemos nos tornar amigos um dia. Naturalmente, eu não sei como é que se faz essa coisa. E não estou dizendo nada, isso significa que eu também não tenho a resposta exata. Então, não bato papo como os adultos fazem, mesmo que seja nosso ritual agora pensar em meios para eu conseguir o meu autógrafo, pois só falo quando tenho algo a dizer. O prédio também está bastante quieto e nunca ouvi ninguém reclamando a respeito disso. Além do mais, sempre haverá uma parte de mim que prefere o silêncio.

– Não temos que conversar sobre isso agora, Artur. Está bem?

Ele estava sentado num sofá velho quando finalmente me afastei uns dois metros e respondi que "tudo bem". Na verdade, não gosto deste tipo conversa. Concordo apenas porque o suco que estou tomando está bem gelado e gostoso. Lembro que eu achava mais divertido quando o vô Haskel cantava uma música qualquer pra eu adivinhar qual era o artista. Ou mesmo quando ele me dizia o nome de uma banda e eu citava o nome exato do baterista, que é sempre o integrante mais difícil de lembrar. John Bonham, Keith Moon, Neil Peart. Dou-me conta agora de que as amizades são boas pra falarmos sobre as coisas que já conhecemos bem. Sei que essa é uma definição diferente da que está no meu dicionário de bolso e da relação que tenho com o meu pai. Mas quem sabe a função dele se resuma apenas a ser pai e ele não esteja aqui pra ser meu amigo como o vô era.

Ele vem novamente próximo a mim, perguntando se tenho a certeza de querer continuar tentando conseguir o autógrafo. Li numa revista, certa vez, que o pai tem os olhos amendoados. Mas não presto atenção nisso agora, porque as suas mãos me parecem mais interessantes, mãos de escritor. E, essa era uma pergunta bastante simples de responder.

Sim! É o que um cara corajoso faz - tentar.

Vamos indo bem trabalhando na nossa relação. Ele escreve as suas histórias, eu o meu diário e aí trocamos conhecimentos sobre coisas que conhecemos bem, como discos, bandas e literatura. Tenho a impressão de que ele quer mesmo ser meu amigo agora. Isso faz com que eu me sinta melhor ao lado dele. Ou talvez o pai esteja apenas preocupado com a minha promessa. A verdade é que eu tive muita dor na coluna essa semana e isso acaba exigindo muita a atenção dele para me ajudar com as minhas tarefas, como me esconder e estudar. Acho que foi por isso que ele concordou finalmente em ir comigo à palestra do Bruce Dickinson. Mas ainda parece preocupado com a ideia de ir comigo a um evento grande como a *Campus Party*. No entanto, é a oportunidade perfeita para eu conversar com o Bruce, descobrir se ele sabe como o Adrian Smith compôs *Wasted Years* – a melhor música do Iron – e pegar o tão sonhado autógrafo no meu card. Confesso que estou bastante aflito com isso e com o fato da CPBR ser um dos maiores eventos de tecnologia no mundo e que vai ser realizada num dos maiores pavilhões de exposições da América Latina. Haverá cerca de duzentas mil pessoas lá e isso me apavora. Meu pai é amigo dos produtores que trouxeram esse evento para o Brasil e por isso conseguiu um par de ingressos VIPs, mesmo depois de esgotados.

VIP quer dizer que temos acesso ilimitado e que meu pai é influente.

Os números são enormes. São mais de quinhentas palestras e oficinas sobre temas que eu ainda não conheço. E fora a área de livre circulação com os conteúdos do evento, há um espaço de "camping" para quem quiser passar literalmente o dia inteiro no local. Talvez seja interessante eu pensar em acampar lá até me sentir seguro o suficiente para sair e ver a programação sem ter que tocar a minha gaita blues ou contar números primos.

Essa semana passamos o pai e eu muitas horas trabalhando juntos. O pai chega da rua e trabalhamos. Depois fazemos uma coisa chamada debate, que às vezes é chato e às vezes é legal. Certos temas, ele decide sozinho. Não me importo porque nessa parte não precisa que os dois opinem. O outro motivo de eu não me importar é que aqui eu posso decidir as coisas que eu gosto ou não, já que escrever um diário é uma coisa muito pessoal. Ele já melhorou bastante. Quase não confunde mais Eagles com Peter Frampton, ou Frampton com Gilmour, o que significa que já aprendeu alguma coisa sobre rock. Mas acho que também já não posso mais ser um escritor como ele. Talvez eu nunca venda quinhentas mil cópias do meu diário, como ele. E agora, pensando sobre isso, sinto a pouca proximidade que temos em relação àquela que eu tinha com o meu vô. Mas não consigo dizer nada disso para o pai porque ele não entenderia e também porque ele não é meu amigo ainda. Se eu disser o nome de uma banda, ele não vai sequer saber o nome do vocalista que é quase sempre o mais famoso, tirando o Roger Daltrey e o Bon Scott, que são menos conhecidos que o Pete Townshend ou Angus Young. Acho que o certo seria eu me tornar um detetive, em vez de maquinista ou escritor. Sou muito ardiloso e bom com enigmas.

Talvez, essa seja a única profissão que tenha me restado.

Descobri, por exemplo, que há tantas variedades de (campeão) quanto há de (caixas). Mas encontrei uma definição que me chamou mais a atenção do que as anteriores. Ela não dizia respeito àqueles que vencerem e foram os primeiros em suas competições. Dizia sobre a realização de algo grande e realmente corajoso. Como as que pessoas com certas limitações físicas enfrentam todos os dias.

Acho grosseiro chamá-los de deficientes.

Essas pessoas são de fato raras por aquilo que realizam. Embora ser diferente da maioria quase sempre só seja considerado bom quando as enquadra em certos padrões ou expectativas, a verdadeira singularidade delas muitas vezes é incompreendida ou subestimada.

Acontece que algumas coisas são impossíveis de se fazer, mesmo que você treine e se prepare muito. Por isso, eu acreditava que o vitorioso era apenas aquele que chegava em primeiro lugar. Só que o pai não venceu nenhuma competição importante e, tampouco, conquistou uma medalha olímpica. Ele apenas mente para as pessoas.

Ainda assim é considerado vencedor no seu trabalho.

Refleti e cheguei à conclusão de que ele é tido assim porque é admirado, inspira as pessoas a fazerem coisas devido ao seu esforço e porque lutou e superou as próprias limitações. Ele não ganhou medalhas, mas venceu os próprios limites. E, o campeão sempre vence de alguma forma. Eu, por outro lado, não venci ainda nenhuma das minhas dificuldades, como terminar um livro ou conseguir o autógrafo do Bruce. Mas continuo sendo chamado de campeão. Talvez seja porque eu continuo tentando.

Lista com os dez maiores vocalistas em minha opinião

Bono Vox

Bruce Dickinson

Dave Gahan

Freddie Mercury

Layne Stanley

Rob Halford

Robert Plant

Robert Smith

Rone James Dio

Scott Weiland

O Chris Cornell teria que se encaixar em algum lugar desta lista, mas não sei bem onde. Ele e o John Lee Hooker, que é o cantor mais estiloso que eu conheço. Aquele terno azul-claro, chapéu branco e o bigode estilo pencil são realmente maneiros.

A música "Down Under", sucesso da banda australiana Men At Work, de 1981, em tradução livre, homenageia a Kombi nos versos "Viajando em uma Kombi capenga. Numa trilha hippie, cabeça cheia de besteiras"

VOCÊ É DESPREZÍVEL

DIZER ISSO DEVERIA BASTAR

Diretora Valquíria,

Você é uma pessoa desprezível. Não se sinta culpada. Somos aquilo que somos, não é mesmo? Sei que é estranho eu vir aqui, anos depois, lhe dizer isso. Contudo, nós dois sabemos como aquele tempo foi difícil para mim. Com todas aquelas mudanças de escola, as notícias sobre meu pai estampando todos os jornais da cidade, os prêmios idiotas que ele ganhou sem nunca ter se lembrado de mim. Eu me sentia rejeitado por ele e pelos meus colegas de sala. Sim, fui falso com muitos deles, porque eu também os renegava. Às vezes isso soa como desculpa. Mas gosto de acreditar que eu tinha pelo menos um amigo, com camisetas maneiras e um bigode razoável – o Nestor. Mas não é segredo para ninguém que ele pegava do irmão mais velho.

Quem se importa?

Você não tinha o direito de ter gritado com a classe e, muito menos, comigo. Não tinha o direito de ter me chamando de doente na frente de todo mundo.

É surreal que uma pessoa na sua posição, mesmo naquela época, tenha me dito aquilo. Acredite, eu te odiei por bastante tempo. Queria ver a tua cara ao ler isso. Não preciso lhe dizer que você, as outras professoras ou aquela escola, não estavam capacitadas para me educar da melhor forma. E isso não era responsabilidade delas. A culpa é sua e deste Estado omisso. Sou um professor muito melhor do que todas vocês juntas! Nunca fui retardado ou preguiçoso. Também nunca fui surdo, porque ouvi todas aquelas barbaridades que você me disse, assim como também escutei as pessoas falando sobre mim pelas costas, assim como todo o seu desrespeito e veneno, simplesmente por uma coisa que eu não fiz. Eu necessitava de apoio e apenas o velho Magnum foi capaz de fazer isso por mim. As suas opiniões sobre a minha condição ou sobre o que eu viria a me tornar estavam erradas.

Sim, eu me formei, tenho um bom emprego e uma vida independente. Teus filhos, o que se tornaram? Aquele que ficava nos fundos da escola fumando escondido com os meninos mais velhos, o que foi que ele se tornou? Gosto de quem me tornei, mas convivi com a revolta por muitos anos em virtude daquela ~~humilhação e foi~~ a terapia quem me ajudou com isso. Você não tinha esse direito. Sempre fui um aluno de notas muito boas. Simplesmente eu não sabia como me relacionar com os outros alunos quando eles iam além do meu limite e, sim, eu batia neles, com bastante força. Você queria que fugisse ou me transferisse de escola novamente?

Isso para você foi o mais fácil a se fazer?

Não fui eu quem derrubou aquele extintor no corredor das classes. A verdade é que eu nunca soube quem foi, nem o motivo de me culparem. Mas eu já não me importo – era mentira. Produtos químicos como aqueles, mesmo sendo itens de segurança, não deveriam estar ao alcance de crianças hiperativas e incontroláveis, mesmo daquelas que não eram estúpidas ou desprezíveis.

Por alguma razão sei lá qual não fui expulso desta vez. Acho que teria sido melhor do que ouvir seus gritos. Não sou ninguém especial, mas sempre vou necessitar de uma atenção extra das pessoas neurotípicas. E a razão é simples. O mundo está moldado pra vocês, e não para pessoas como eu. O ponto é que você está longe de ser importante para mim. Já nem te odeio tanto agora que lhe disse todas essas coisas. Autismo não é uma doença, sua idiota! E pessoas que na sua profissão ainda hoje pensam o mesmo, mereciam ser expostos para o mundo. E talvez eu seja o culpado por tudo o que ouvi, mas não tenho certeza, diria o grande Kurt Cobain.

Artur

COMBATE DIRETO

ESTRATÉGIAS PARA ESSE TIPO DE BATALHA

Certa vez torci um dedo jogando bola com o vô. Meu dedo virou pra trás e ficou roxo, uma cor que me deixa aborrecido, embora derive do azul e do vermelho, que são cores que eu gosto – quando não estão misturadas. O dedo doeu, chorei. Chorei muito, na verdade. Foi diferente de quando o vô morreu porque ainda não derramei uma lágrima sequer.

Acho que ainda não entendo a morte direito. Assim como não entendo muitas coisas.

Quando achei que já podia sair do QG um pouco e passear, não tinha um cão. No entanto, tenho permissão de ir até o final do quarteirão – apenas. Vovô dizia sempre que eu sou muito corajoso e que a melhor qualidade numa pessoa é a coragem. Considero um ato de coragem ir à escola pra estudar, quanto mais ir sozinho até a conveniência comprar um Mentos de Frutas Vermelhas, que é o único que eu gosto.

Nele, todas as balas são de uma única cor – o vermelho.

Não gosto muito de sair porque as autoridades não respeitam os lugares onde as pessoas crescem e moram com suas famílias e amigos, mudando tudo a todo instante, sem nenhum aviso, tirando as coisas do seu lugar original, desfigurando o bairro.

A Avenida Ipiranga está tão diferente de quando me lembro que sempre me pergunto se essa rua é de fato a certa. E, se eu encontro um estranho, pode ser que ele queira conversar comigo e encha a minha cabeça com perguntas que não vai me dar tempo pra responder. E, isso me assusta. Como quando um velho perguntou se eu era o filho do Haskel. Respondi: "Não. Sou neto!". Aí ele quis tocar meu braço.

Estranhos querem invadir nosso espaço pessoal o tempo todo. Como nas guerras do Vietnã e do Iraque. Naturalmente, eu me afastei e fiz a cara de aviso. Ele riu e disse que era amigo do meu avô. Só que ser amigo do meu avô não faz dele meu amigo. Fiquei parado, como faria um Border Collie. E, fiquei esperando que ele fizesse outra pergunta estúpida ou que tentasse um novo ataque. Acredito até que ele tenha dito alguma outra coisa, mas fiquei tão distraído olhando seus dedos se mexendo dentro da sandália preta em couro que não prestei atenção. É difícil ter controle sobre tantas informações entrando pelo meu cérebro.

Por isso, eu o avisei pra que não invadisse o meu espaço.

Passo muitas horas no meu QG, imaginando uma estratégia pra esse tipo de batalha. Estava defendendo o meu território e se fosse necessário lhe bateria com minha lanterna tática do exército. Não era exatamente uma arma, mas pelo menos era do exército. Ele foi embora resmungando.

– Garoto biruta – disse.

Birutas são objetos que mostram a direção do vento e não faço a menor ideia do que isso tenha a ver com o que estávamos tratando. Mas imagino que ser uma biruta não deva ser pior do que ser alguém desprezível. E, apesar destes pensamentos, acredito que nunca mais vou vê-lo porque não moro mais no sítio. Não é fácil tentar não imaginar os pés dele suando e escorregando dentro daquelas sandálias ou numa biruta com capa azul de chuva, tocando gaita e contando números primos.

Isso tudo me parece uma loucura!

Sorte eu ser um cara confiável. E se não sou, ao menos sei fazer a cara de aviso.

Cara de avuso

Minha lista de batalhas históricas

Batalha de Agincourt

Batalha de Cannae

Batalha de Gettysburg

Batalha de Hastings

Batalha de Midway

Batalha de Stalingrado

Batalha de Thermopylae

Batalha de Trafalgar

Batalha de Verdun

Batalha de Waterloo

É ÓBVIO

A ENTREVISTA COM O FILHO

Nunca dei nenhuma entrevista. Mas como seria responder às mesmas perguntas feitas ao meu pai naquela revista?

Como é que se chama seu novo livro?
Artur: É apenas um diário. Não é um livro.

E fala sobre o quê?
Artur: Sobre mim.

Quanto ele já vendeu?
Artur: Nenhum.

Qual é o seu programa de TV favorito?
Artur: Documentários.

Qual é a melhor coisa de ser famoso?
Artur: Não sei, porque não sou famoso.

Tem alguma fobia?
Artur: Ainda não sei o que é fobia. Isso pode me valer um disco?

Metade cheia ou metade vazia?
Artur: Se é METADE, então não é cheio e nem vazio. É METADE.

Há alguma coisa que você queira falar para as pessoas?
Artur: Fiquem quietos, por favor.

Você prefere o errado fácil ou o certo difícil?
Artur: Vovô só me deixa fazer o que é certo.

Já mentiu antes?
Artur: Eu não minto.

Do que mais se orgulha na vida?
Artur: De ter bons esconderijos e ser ardiloso como o vô.

Qual a coisa mais estranha que já fez na vida?
Artur: Pensar em metáforas.

Qual a melhor cor?
Artur: Vermelho.

Qual o tipo de música que mais gosta?
Artur: Rock.

Quanto tempo passa em frente ao computador?
Artur: Duas horas nos dias normais e três em dias especiais pra pesquisas, como sexta e domingo.

Se voltasse ao passado consertaria seus erros ou reviveria tudo novamente?
Artur: Voltar ao passado é impossível.

Uma situação que você jamais desejaria viver?
Artur: Estar num lugar com dezenas de pessoas ao meu lado me tocando.

Qual, em sua opinião, é a melhor piada?
Artur: Eu não entendo piadas.

Cite um momento especial que você guarda na memória?
Artur: Não consigo escolher tão rápido.

O Google sabe que você existe?
Artur: O Google sabe de tudo.

Lista com perguntas tão idiotas quanto as que respondi. Responda se quiser!

Como você começou sua carreira?

Como você lida com as expectativas dos fãs?

Como você mantém sua criatividade?

O que você aprendeu em sua carreira até agora?

Qual é o projeto do qual você mais se orgulha?

Quais são seus planos futuros?

Quais são suas maiores influências ou inspirações?

Qual é a sua opinião sobre a indústria em que trabalha?

Qual conselho você daria para alguém que está começando?

Qual é o maior desafio que já enfrentou?

Não escolhi ainda, mas criei um momento divertido pra eu pensar.

Eu e minha Border Collie, Faísca, em um entardecer qualquer da minha memória. É assim que as boas lembranças que eu invento se parecem.

CAMINHOS INCAS

BUSCANDO ALGO SOZINHO

Não sou mais uma criança. Ainda hei de acordar num quarto de hotel barato em Copacabana na Bolívia, cercado por telas de palha e cortinas amareladas, vendo o sol nascer atrás do Monte Calvário. Despertar ignorando as estações de esqui de Chacaltaya em La Paz. Avançar pelas trilhas sob os olhos atentos das eternamente adormecidas montanhas vulcânicas. Molhar meus pés em águas esmeraldinas, cantarolando as canções que costumávamos ouvir, sem luxo, sem mordomias, sem pressa.

A vida na cidade grande, muitas vezes, tira isso tudo da gente. Desbravar as trilhas incas da Bolívia é, sem dúvida, um dos meus maiores desejos hoje em dia, justamente devido àquilo que a vida tirou de mim – a despreocupação com o tempo. Vinte dias, caminhando e divagando sobre as coisas da vida – meu mais profundo e ardente desejo hoje. Mas as grandes vontades humanas quase sempre exigem parceria. Mal consegui sair da cama por esses dias. Minhas costas doem cada vez mais e está ficando insuportável conviver com tantas e diferentes dores.

É difícil alcançar algo realmente expressivo na vida, sozinho.

E, olhando em retrospectiva, é fácil perceber que não fiz amigos. Mas caminhar por estas estradas é tudo o que eu mais quero. Esquecer da vida e do tempo nessas cidades, ouvindo músicas como a impressionante *Hello, it's late*, do Stone Temple Pilots, em minha opinião, uma das mais belas melodias já compostas. A força da percussão e do teclado de Robert De Leo, a voz perfeitamente afinada de Scott Weiland, entoada com tristeza e uma boa angústia, na medida exata.

O clipe, em preto e branco, é igualmente perfeito. Todos em uma das enormes salas da *Malibu House*, uma mansão locada para a gravação do álbum *Shangri La Dee Da*. Scott caminha, copo na mão, girando em torno do próprio eixo, às vezes entre os outros integrantes, cantarolando *Hello, it's late. You know i've tried to stop the rain* . Ele usa um terno branco – estilo anos 70 – e tem a barba espessa e cabelos compridos. Ao fundo, uma lareira cresta enquanto a chuva cai lá fora. Subitamente, flashes do cantor andando pela mata surgem na tela, como uma lembrança boa. Usando poncho e um chapéu na cabeça, ele procura, solitário, um caminho que o leve ao fim daquela tristeza. É tão perfeito! *Did you hear about it? Did you dream about it? I know you cried but nothing changed...* Para mim, é como se Scott estivesse no caminho inca, com as roupas típicas e os pensamentos profundos que me incentivam ainda mais agora.

É um clipe tão belo que me emociona todas as vezes que o assisto. Um vídeo e uma música que jamais cansam, assim como devem ser as maravilhas de Machu Picchu.

Ainda hei acordar num quarto de hotel barato em Copacabana, cercado por telas de palha e cortinas amareladas, vendo o sol nascer atrás do Monte Calvário.

HRABROST!

COMO NÃO ENTRAMOS EM EXTINÇÃO?

" F *#$&% d%P¨$#!!!* Graças a Deus!" Eu diria isso quando vi que os ingressos tinham chegado há alguns dias pelo correio – tamanha minha empolgação. ~~Mas, não acredito em Deus. Tampouco digo palavrões.~~ De qualquer jeito, ainda me preocupa ir nessa palestra. Bizarro! Não sei por que as pessoas teimam em se juntar voluntariamente aos montes em lugares apertados onde não podem se esconder de um perigo qualquer ou fugir pra no final das contas, na melhor das hipóteses, estarem protegidas contando números primos como fazem em seus próprios esconderijos. Quem sabe o que houve com os dinossauros para terem desaparecido do planeta, há cerca de sessenta e cinco milhões de anos? E, sendo ardiloso como sou, eu já deveria saber disso. Cansei de ver na tevê aglomerações que não deram certo e poderia mesmo ser mais esperto. Na verdade, existem muitas maneiras de se meter em uma grande confusão e essa é só mais uma delas – andar em bandos.

Como foi que não entramos em extinção?

Na data marcada, pego os ingressos e corro para o *Campus Party*, bastante atrasado. Fiquei horas esperando o pai aparecer – em vão. São Paulo está um caos – muita chuva. O dia foi confuso entre ensaios e crises de ansiedade – pensando na conversa. E o sumiço do pai não me ajudou com isso.

Como será o Bruce pessoalmente?!

Sento na **Centésima Sétima Cadeira.** Nervoso, assisto toda a palestra pelo telão. A distância é grande e não pude ouvir uma palavra sequer do que ele disse porque minha cabeça não parava de pensar em como seria falar com ele. Tenho bom domínio do inglês. Estudo desde que era bem pequenininho e gosto bastante de línguas estrangeiras. Entro numa fila prometendo jamais conversar com um desconhecido novamente. Noite de abusos – suo frio. Fiz algumas baldeações em lugares novos pra mim. Andar de metrô é bem legal. Mas essa foi uma jornada tensa que, sinceramente, prefiro não contar. Nervoso, comprei uma cartela de Mentos *Fruit* – sem perceber que não era a minha favorita. HRABROST! Quer dizer que eu preciso ser corajoso para ter um autógrafo do Bruce Dickinson no meu *card Supertrunfo Trens*. E olhando em volta agora, percebo que essa é a quantidade de pessoas que me separam deste sonho.

É estranho, mas é só no que eu penso nesse momento.

Aproveito a distração das pessoas pra avançar alguns lugares na fila até certo ponto mais próximo da mesa onde Bruce dá seus autógrafos depois da palestra. Sei que é desonesto, mas não consigo mais controlar a minha ansiedade. **Octogésimo Lugar.** Apanho uma bala Mentos em minha pochete sem reparar na cor – mordo a bala e a língua. Trata-se do dia mais bizarro da minha vida. Bruce é habilidoso e rápido com alguns autógrafos. Noutros, ele demora demais. Calculo as diferenças e fico mais aflito. Não consigo encontrar um padrão, uma bala vermelha ou fazer a língua parar de doer. É impossível saber quanto tempo ele demorará comigo e, desta forma, não consigo saber por onde começar a conversa, principalmente com a minha língua dolorida assim. Como pude comprar o Mentos errado? Pareço um idiota comprometido deste jeito.

Extinção é quando uma coisa desaparece definitivamente do mundo.

Não há na cartela uma única bala das que eu gosto – a vermelha. Há sim muitas pessoas esquisitas nesse lugar apertado, claustrofóbico. Bem, mas era importante para o vô como é para mim agora. O Bruce é um tipo incomum de palestrante. Vocalista de uma das maiores bandas de rock em todo o mundo. Ele está na minha lista entre os Top Dez Vocalistas e também é o líder da banda favorita do vô em todos os tempos. Seu autógrafo era um sonho para o velho bigodudo. Ele gostava mesmo dos artistas – sempre teve admiração por eles. E, neste caso, não se trata dos caras da tevê. Não! Refiro-me aos caras com capacidade de palco, como ele mesmo dizia. Tipos como Michael Jackson, Prince e próprio Dickinson... O velho Haskel jamais foi como um deles e essa seria uma grande oportunidade de estar, pelo menos, próximo de um deles.

Também tenho bigode. Mas ainda não é bizarro como o do vô, do Freddie Mercury ou do Magnum. **Sexagésima posição.** Uma desconhecida com meias rasgadas de náilon tira os sapatos bem à minha frente. Ela fala freneticamente. As mãos repletas de tatuagens tremulam segurando um livro, uma biografia. O livro é bem legal – Quarenta e nove e noventa nas Americanas, consulto no Google. Promoção interessante. Meus olhos giram, as pernas tremem. Imagino como deve ter sido para ele gravar tantos discos e escrever seus livros. Muito mais do que um ícone do rock, as memórias de alguém com mais de quarenta anos na estrada e noventa milhões de álbuns vendidos com uma das maiores, mais sólidas e mais influentes bandas de rock de todos os tempos são passagens fascinantes de se ler. Ian Gillan, vocalista do Deep Purple (Posição cento e dois com *Machine Head*) foi pra ele um herói, uma influência. Sei disso porque também já li. Mas há tanta coisa que não está nos livros ou nas músicas. Será que ele tem um lugar especial para escrever ou fazer um mapa da sua vizinhança? **Sétimo lugar.** A posição – pra mim – é desconfortável, incrível, absurda. HRABROST! Pareço cavalgar alucinado para próximo dele, meu corpo sofre com uma perturbação intensa. Aproveito as mãos livres e reviso minha pochete. Meus olhos giram... Por que não trouxe minha própria caneta, como qualquer um que pede um autógrafo na rua?

Sou um idiota!

Sexto Lugar. Fujo dali, sem ao menos falar com ele. Deixo tudo pra trás, meus *cards* caem. Eles e os ingressos. Não tenho coragem para pegá-los de volta. Enquanto corro, tento formar em minha mente um rosto para o vocalista – um que seja como o real. Não o dos vídeos e revistas. Não o do telão. Será que ele tem muitas rugas profundas como as do vô? Está cansado da vida viajando? Superou de fato o câncer? Quando será o próximo álbum? Penso que o vô não iria gostar de um novo disco, já que ele só gostava dos clássicos. E nada do que é lançado agora pode ser um clássico. Ao menos, não hoje. Essas ideias brotam na minha cabeça num fluxo interminável. Peço um Uber e me pergunto como aquilo tudo aconteceu? Como foi que deixei as saudades do meu vô me colocarem naquela situação? Passo a observar todos os carros que chegam ao local e comparo com o do aplicativo. **Cinco minutos.** Sempre tive aflição dos táxis. Pessoas estranhas fazendo perguntas para as quais não esperam as respostas em um ambiente apertado e sem rotas de fuga.*"CORAGEM, preciso dela!"*.

O mundo é um táxi lotado de explosivos.

Vovô teria vindo me buscar com a sua *Miura* e poderíamos conversar sobre discos. Os ingressos que vieram pelo correio num envelope pardo sem selos, o próprio vô teria ido buscar. Mas isso nunca mais vai acontecer. **Quarto andar.** O porteiro foi quem o trouxe com o jornal que o pai assina. Ficaram sobre a escrivaninha da sala ao lado do condomínio e de outros boletos. Levou quase uma semana para que eu me desse conta deles perdidos sob os papéis. Por isso não tive tempo pra pensar numa roupa apropriada. Não era um show de rock, mas sim a palestra de um ícone do estilo.

Uma capa e uma pochete não seriam esquisitas?

Minha semana foi difícil, mas produtiva. O pai e eu passamos muitas horas evoluindo no nosso projeto. O autógrafo seria bom pra fechá-la. Fui o último a chegar, perdi o início da palestra. O cara manda bem – é super inteligente e faz atividades pra caramba. Fora isso, é o ídolo do vô. Aproveito um breve momento de sobriedade e folheio algumas das minhas anotações. Tenho ~~setenta e oito~~ palavras em outros idiomas anotadas nele. Entre elas: HRABROST! É croata. Quer dizer CORAGEM. E de todos os aspectos da minha vida nesse momento, talvez coragem seja a coisa mais importante que eu tenha experimentado. Trancado com alguém que eu não conhecia em um ambiente novo, assumindo uma vontade que eu nunca tive, sofrendo a perda de quem eu mais amava. Anotações são coisas úteis pra se esconder em uma pochete, úteis para camuflar o que sentimos.

Autógrafos parecem tolos porque todos sabem quem assinou. Mas, não são!

Não sei por que as pessoas buscam por aventura. **Três minutos.** Tenho vontade, às vezes, de dizer a elas que se desidiotem, ou seja, que parem de ser tão idiotas. **Dois minutos.** Outros carros chegam e novos passageiros encerram a digressão.

Bizarro quer dizer que algo se destaca pela aparência.

No caso da palestra, quer dizer que foi uma experiência estranha. Pode ser bom ou ruim. É bem legal por isso! Eu nunca tinha feito algo parecido. Nem mesmo sei direito como pude fazer aquilo e depois arruinar tudo. Deve ser resultado da difícil semana, solidão. Bem que eu podia ter suportado tudo aquilo. Aí, não haveria arrependimento algum. Pelo contrário, certo orgulho ajudaria. **Um minuto.** "HRABROST." Graças a Deus ~~uma ova~~! Meu Uber chegou. Desconhecidos nunca mais.

Depois de recordar essa história, precisei contar uma sequência de números primos: 2, 3, 5, 7, 11, 13, 17, 19, 23, 29, 31, 41, 43, 47, 53, 59, 61, 67, 71, 73, 79, 83, 89, 97, 101, 103, 107, 109, 113, 127, 131 e 137. Surpreendentemente, bastou contar apenas até esse ponto para me acalmar.

POR UM MINUTO

EU PODERIA TER MUDADO O MUNDO

A obra de Gaudí refere-se ao trabalho do renomado arquiteto espanhol Antoni Gaudí i Cornet, que viveu entre 1852 e 1926. Ele é considerado um dos maiores expoentes do modernismo catalão e deixou um legado arquitetônico único que ainda encanta o mundo até hoje.

Por um momento, eu podia ter mudado o mundo. Houve um breve momento na minha vida em que acreditei de fato em estar aqui para mudar tudo. Cri que era responsabilidade minha fazer deste planeta um lugar melhor para todos vivermos. Queria ser diferente, não a ponto de não ser eu mesmo, e ajudar aqueles que são como eu. Mas, na prática, eu era só uma criança idiota e tentei fazê-lo apenas uma única vez na vida. Fui para o quintal e apanhei todos os materiais que pude encontrar. Levei horas – obcecado – construindo aquilo que me levaria a transformar o mundo. Uma nave, como na arquitetura de Gaudí, feita de cacos. E, seria naquela noite. Não me importava o cansaço ou as reclamações do vô. Meu plano era subir na pequena cabine e esperar que Deus me ajudasse a sair voando pelos céus levando tudo o que eu tinha dentro de mim para todos aqueles que, porventura, não soubessem o que é amor e amizade. Para aqueles que se sentissem sozinhos por não terem um pai presente, uma mãe ou por terem levado uma bronca de um velho psicodélico e bigodudo sem nem ao menos entender o motivo ao certo.

Nessa altura do meu diário, você já sabe o que é psicodélico.

No quintal, meu veículo de transporte esperava inclinado em uma pequena plataforma que apontava para o céu onde não havia uma nuvem sequer. Meu referencial para navegação seria a própria lua que, naquela noite, estava cheia e brilhante como nunca. Eu acreditava, realmente, com todas as forças de minha alma, que Deus em sua mágica maravilhosa, pudesse me fazer sair voando com aquela navezinha.

E sei que foi estupidez. Sei disso agora.

Mas eu sentia que podia. Vesti aquilo que seria o meu uniforme (uma camiseta branca na qual desenhei o símbolo da missão) e embarquei na nave. Pedi a Deus por sua intervenção e passei horas rezando nela, até que adormeci. Acordei já tarde da noite, com meu vô me levando para a cama.

Ele foi atropelado na manhã seguinte.

Fiquei muito revoltado com aquilo. Mas todo o processo de resgate e internação do vô, a chegada repentina do meu pai e tudo que se sucedeu depois, fizeram com que eu só voltasse a pensar naquela nave meses depois. Jamais voltei a vê-la. Também jamais voltei a querer mudar o mundo. Não temos respostas mínimas. Necessidades novas surgem sem que as nossas decisões tornem todo atraso menor em relação às reais carências que temos. Acredito hoje que já não fazemos mais nem mesmo o suficiente para mudar o nosso próprio dia a dia. A internet já está fazendo muito porcamente esse trabalho e se eu me ocupasse em mudar pelo menos a realidade à minha volta, já estaria contribuindo muito. Acontece que eu mal saio deste apartamento. Eu mal me relaciono com as pessoas. E, se este descompasso já não fosse o suficiente para eu pensar em reconfigurar o meu próprio universo, evidentemente há também questões mais urgentes que outras, como conseguir cumprir uma promessa que fracassei fragorosamente em cumprir. Hoje sou mais pragmático.

O mundo que muda é você, vivendo e caminhando sobre ele.

Sinto como se você estivesse aqui. Mas não comemoro porque não é do meu feitio. Espero pra poder vê-lo. Isso não acontece, nem muda o que já aconteceu. A sensação é a mesma sempre e sempre. Como o perfume que alguém deixa num ambiente onde já não está mais. Sei que isso é uma metáfora e que as pessoas creem que eu não deveria entender.

Lista de naves importantes na história da humanidade

Apollo 11: Primeira a levar pessoas à Lua (1969).

Apollo 13: Missão de resgate bem-sucedida (1970).

Curiosity Rover: Sonda explorando Marte (2012).

Hubble Space Telescope: Telescópio espacial (1990).

Juno: Sonda estudando Júpiter (lançada em 2011).

Space Shuttle: Veículo reutilizável da NASA (1981).

SpaceX Crew Dragon: Nave comercial para astronautas.

Sputnik 1: Primeiro satélite artificial (1957).

Vostok 1: Levou o primeiro humano ao espaço (1961).

Voyager 1 e 2: Sondas espaciais pioneiras (1977).

ECOS
ASTRAIS

MINHA QUASE MORTE

V azio

Que necessita de; falto, privado, carente: espírito vazio de ideias. [Pejorativo] Sem fundamento; vão, fútil, frívolo.

Não estou deitado no meu QG predileto ou em qualquer um dos outros, coberto por uma capa de chuva como faço às vezes ou dormindo ao lado da cama do meu tutor como faria um Border Collie à noite. Faz bastante frio e estou de barriga pra baixo, esticado sobre a mesa horrível do hospital, sendo preparado para a cirurgia. Faz algum tempo que ela está agendada, é verdade. Desculpe-me, sei que deixei isso fora do meu diário, mas deveria ter contado antes. Nessa altura da vida, acho que deveria estar torcendo para que alguém leia isso, alguém que se importe de verdade com o que acontece comigo.

Talvez eu seja desprezível. Não sei.

Sinto nas tripas um novo tipo de entusiasmo. Experimento coragem e euforia. As pernas sambam inquietas quando a respiração descompassa. Detenho tudo no estômago porque aguento, sou forte como o vô. Alguém se aproxima e me faz respirar por uma máscara de onde sai um ar gelado e relaxante. Partículas de poeira rodopiam dentro de um feixe de luz que atravessa a abertura da janela e ilumina a mesa cirúrgica. Elas dançam silenciosamente e tudo está lento. A poeira some e reaparece diante de mim, quero tocá-la com a ponta dos meus dedos. Então, me estico para alcançá-las, mas não consigo porque estão distantes. Volto a fechar os olhos com bastante força pra não ver a pele fina das pálpebras ficarem vermelhas com a força da luz que se revela diante de mim. Elas estão pesadas, então não é preciso muito. Também não quero ouvir os passos que vem chegando pelo corredor em frente. Alguém suspira forte e comprido do lado de fora desta sala onde estou deitado. Continuo quieto, apenas viro a cabeça um pouco e abro meus olhos pra ver quem é. O cheiro de toalhas limpas da lavanderia finalmente invade a minha memória, ativando a imagem de quando estou lá a salvo, quente, seguro. Parece loucura, mas o vô está parado diante da porta. Ele deixa que o ar saia pela sua boca esvaziando o peito enquanto se aproxima da mesa. Depois limpa a garganta e me diz que tudo vai ficar bem. Então pede o bisturi. Uma comichão corre a minha pele, mas não abano com as mãos ou gemo. Vou sendo envolvido por uma imensa sensação de bem-estar, um estado sobreposto de sentimentos conforme o sono vem por cima dos meus pensamentos. Não sei por quanto tempo já dormi, mas sorrio um sorriso incontido e feliz quando acordo porque sinto como quando imitávamos um cantor famoso.

Ozzy, eu digo. Sei que ele também já passou por cirurgias complicadas.

Alguém sussurra que eu estou delirando, mas tenho certeza do que estou dizendo. O "Vô" pergunta para alguém por que *cazzo* não estou dormindo. Meu coração fibrila, o sangue está fervendo – é febre. As pessoas se apressam por algum motivo e uma imensa movimentação dentro da sala se inicia. Um turbilhão de imagens brota na minha memória e meus olhos estão cheios d'água. Será que estou preparado para me libertar deste corpo e aproveitar a vida que se desprende dele enquanto ela ainda flui e me torna parte dela? Sinto que estou tão cansado disso tudo que mal posso esperar para estarmos juntos.

Cazzo é um palavrão. Quer dizer que a pessoa está brava.

Não estou fazendo birra, como diz o pai. Acontece que é difícil para mim, agora que você não está por perto, saber o meu lugar no mundo. Em São Paulo, é difícil estabelecer uma simples rotina. Leia o meu diário. Verá o quanto ele é inconstante, embora eu não escreva tudo nele.

Uma lágrima se desprende dos meus olhos e cai lentamente em direção ao piso. Escuto tudo o que estão dizendo. *"Vamos perdê-lo; depressa..."* e todo tipo de bobagem. Não importa, ela continuava caindo e quando finalmente alcança o chão, filetes de água escorreram por toda parte. Sinto, sim, que estou morrendo. Não é um raciocínio, mas uma consciência da morte. Isso me atinge como um soco, mas não fico triste, com medo ou irritado. Apenas deixo a vida ir. Mas a água se acumula e começa a preencher toda a sala. Tudo ali flutua, e some, e já não há mais ninguém. Só eu, boiando na superfície de um aquário com água escura onde não há espaço ou tempo. Vou me desligando e me tornando parte dela, até que a sensação de leveza, paz e plenitude me fazem querer ficar ali pra sempre. Finalmente submerso como um mergulhador na segurança de seu escafandro, desapareço completamente nas profundezas do oceano.

Mesmo assim...

LU

TO

A "viagem de quase morte" é uma experiência vivenciada por algumas pessoas que estiveram perto da morte e sobreviveram. Durante essa experiência, a pessoa pode sentir uma sensação de paz, calma e flutuação. Algumas pessoas também relatam uma sensação de sair do próprio corpo e observar a si mesmas de fora. Embora seja uma experiência emocionante, nem todos que passam por uma situação de quase morte a experimentam.

ROTINA

Sessenta não é um número primo porque é divisível por números além de 1 (um) e ele mesmo, como: 2, 3, 4, 5, 6, 10, 12, 15, 20 e 30.

Tudo permaneceu exatamente como estava.

Meu nome é Artur. Tenho agora ~~dezoito~~ anos, ~~dois~~ meses e ~~um~~ dia. Jamais conheci alguém capaz de pilotar um trem como fazia o vô. Penso nisso todos os dias e noites, sentado numa poltrona velha, esperando que o dia amanheça mais uma vez, mergulhado num silêncio catedral que contrasta com as dimensões da minúscula quitinete, essa esquisita quietude do bloco b – o Bad Bloco, como é conhecido. Talvez muitos conjugados estejam vazios hoje em dia. As enormes janelas que incidem do topo do edifício sobre a Avenida Ipiranga permitem que o sol entre francamente pela abertura, apesar das chapas verticais de concreto prejudicando a passagem dos raios que iluminam os pontos mais profundos do cômodo onde costumo estar, irritam meus olhos.

Quero minha infância de volta. Emperro.

"Noite foi feita pra dormir, menino!" Meu pai diria isso. Queria também ele aqui – agora! Então, reviro os cabelos da testa para a nuca e, de volta, sem conseguir pôr as ideias no lugar. As aspirinas pouco podem fazer pela falta moral e a ressaca que sinto agora, é evidente. Nunca fui de beber. E, apesar da apatia, pego as pílulas restantes na cartela.

Duas.

A dor na minha coluna sobe até o topo da cabeça, castiga o que restou da minha mente, cessa a reflexão por um instante. Passei da fase de me esconder no sofá, essa dor é real e latente. A pressão despenca conforme me arrasto até a pia do banheiro. Sirvo o copo com a água cozida da torneira num gesto impaciente, respirando o azedume do cubículo. Tornei-me nervoso, irritadiço. Os dias parecem ser mais curtos, o lugar é quente, o suor poreja. Rasgo a memória atrás de respostas sobre o dia anterior. Vêm as saudades dele e de meu vô, sempre tão falante e gracioso. As pálpebras frouxas pesam sem poder esconder os olhos vermelhos que ardem diante do espelho. Olho para eles e digo meu próprio nome em voz alta algumas vezes pra ver se me situo: "*Artur, Ar-tur*". E continuo me encarando... Na memória mutilada, as imagens das nossas conversas vazam por todos os lados, devolvendo um velho temor: não quero morrer sozinho! Examino os comprimidos sobre palma da mão direita e, então, um mundo totalmente novo de desculpas preguiçosas surge inconscientemente e sem controle. "*A vida é uma Kombi lotada de explosivos, Artur*". Um dia ela te pega deitado numa mesa de cirurgia.

Meu dia foi há certo tempo.

Viro os comprimidos na boca e engulo a mistura. Corre um arrepio à contramão do gosto acidulado que despenca pela garganta. Sacudo a cabeça causando um eco que repete vexames de noites anteriores, carregado no dissabor, restaurando a lembrança do fracasso. Jamais voltei a andar normalmente depois da cirurgia. Também não consegui o tal autógrafo, quebrei minha promessa, provei a impotência do vaidoso, me tornei também um fracassado. O estômago embrulhado rejeita os remédios e a ideia de pôr qualquer coisa dentro dele. Deixo tudo fluir com a descarga na privada. Quero um café bem forte. Esbarro na cortina do lavabo, vasculho os bolsos sem motivo, as paredes giram, sacodem o chão de tacos. Pouco importa agora a cirurgia, os porres ou a geopolítica do meu condomínio. Que se dane a geopolítica. Meu problema é o silêncio e o mal-estar moral que sinto agora. Esse ataque que não é repentino como o *riff* e a progressão de abertura de uma música bem familiar, uma espécie de country muito simples de três acordes que começa num rádio longe. Mergulho então, finalmente, num breu absoluto. O mundo fica ainda mais quieto e lento como se eu estivesse me afogando outra vez.

CD/F#
So, so you think you can tell

Am/EGD/F#
*Heaven from hell, blue skies from pain. Can you tell
a green field?*

CAm
*From a cold steel rail, a smile from a veil? Do you
think you can*

G
tell?

CD/F#
*Did they get you to trade, your heroes for ghosts,
hot ashes for*

Am/E
trees

GD/F#
*Hot air for a cool breeze, cold comfort for
change? Did you*

C
exchange

AmG
A walk on part in the war, for a lead role in a cage?

Então, a campainha soa como o silvo de um trem em minha direção.

Gosto de rotina, de poder prever tudo no meu dia. Paro diante da porta da rua como uma planta que disfarça a feiura das paredes. Alguém está lá faz certo tempo.

Imagino-me saindo, deixando para trás as recordações do pai. "Amo você, *moleque*". E, desconfio que sair mais uma vez vai me fazer perdê-lo para sempre. Principalmente porque o desenho serpenteado do Copan não permite que eu enxergue o fim do corredor. Isso é sempre apavorante para mim. O coração dispara, sinto dificuldades pra continuar pensando. Inquietação e falta de ar surgem acompanhadas de um impulso quase incontrolável de fugir. Quero apenas que a pessoa vá embora, mesmo não querendo estar sozinho.

Então, então você acha que consegue distinguir o paraíso do inferno? Céus azuis da dor? Você consegue distinguir um campo esverdeado de um trilho de aço gelado? Um sorriso de uma máscara? Você acha que consegue distinguir? Eles fizeram você trocar. Os seus heróis por fantasmas? Cinzas quentes por árvores? O ar quente por uma brisa fria? O conforto do frio por mudanças? Você trocou um papel de figurante na guerra por um papel principal numa cela?

E eis aqui o velho Artur, aprisionado como na espetacular Wish You Were Here do Pink Floyd.

Um dos aspectos mais difíceis de lidar com a minha condição é que ninguém conhece a fundo a sua verdadeira natureza. Descarto a hipótese de abrir a porta porque não quero dar aula nenhuma. Por outro lado, viver aqui mesmo todos esses anos depois, é como um castigo pra mim. A mão tremula sobre a maçaneta. Meu coração está batendo tão forte que juro poder escutá-lo sacudir. Vem a coragem, euforia e um novo enjoo. Detenho tudo no estômago porque agora não importa se ele aguenta – se é forte. O corpo reage e joga pra fora um resfolegar cheio de tensão e desassossego. Também preciso reagir, voltar a ver as coisas como elas são. Aceitar que depois da morte do meu vô, da minha cirurgia ou da morte do meu pai, ninguém nunca mais ligou. Ninguém, nem um único telefonema.

Um silêncio que me consome.

"Você vai morrer sozinho, Artur!" Desconfio que talvez meu velho tenha razão. Eis aqui o menino despachado, prova que os meus amigos na verdade sempre foram os amigos dele, metendo o bedelho na nossa vida com os seus papos de ativismo míope, enquanto ele frigia seus bifes no fogão, servindo todo o nosso vinho e outras bebidas pra aqueles patifes barbudos de intelectualidade besta, fuçando meus discos, contestando os livros dele, citando bobagens sentados na posição de lótus e fumando *Benson & Hedges* mentolado no tapete. Danem-se eles.

Não quero morrer aqui.

Fico diante da porta, olhando, imaginando como seria sair, ver alguém. Meu pai tinha um jeito duro de me dizer certas coisas às vezes. Eu não quero morrer sozinho. Mas não tenho coragem suficiente para abri-la.

A voz do outro lado é feminina.

Preciso da rotina pra me manter nos eixos, muitos eixos. Como um *DJ 1Eurosprinter* que tem oito, comprimento de trinta e cinco metros e a potência de 8.700 hp. Já não quero mais ser maquinista – seria impossível agora. Por isso, já não tenho muito o que contar aqui neste diário. O tempo passou e, às vezes, volto e reescrevo as coisas de uma forma nova. Já não sei o que escrevi ontem ou há ~~sete~~ anos. Basicamente ainda faço as mesmas coisas e sou um ótimo professor de inglês. Isso me permite ficar em casa, embora ainda tenha o dissabor de ter que conhecer gente nova. Mas a grande maioria dos meus alunos são crianças. Meu pai, depois de certo tempo, afundou-se na própria decadência. Perdeu-se no álcool, o consumiu como culpa. As vendas de novos livros despencaram – como ele, que achava ter responsabilidade por eu ser como sou e tudo que houve.

Mas não há nada de errado com a minha natureza.

Ele morreu relativamente jovem, tinha sessenta e poucos anos. Não tive mãe ou avó, partiram antes mesmo que eu pudesse conhecê-las. Éramos somente eu e vovô, desde sempre.

Devo tudo a ele. Do inglês corrediço aos discos de Page and Plant.

As coisas permanecem exatamente como estavam naquela época. Todos sabem que não gosto de mudanças. Também sabem que nunca tive coragem de me desfazer das coisas deles. Penso na Kombi vindo em minha direção e me desespero. Não posso perder mais nada. Não tenho mais nada. Sei que não sou mais um garotinho e o TEA não deveria me impedir de evoluir, conhecer e construir coisas novas.

Só não sou como os outros são. E ninguém é!

A moça atrás da porta disse me conhecer, o que não é verdade. Foi sua família que comprou o velho sítio. Ela explica que encontrou uma caixa com coisas pessoais do meu avô, coisas que talvez tenham se perdido na mudança. É possível que meu próprio pai a tenha deixado lá – de propósito. Não sei. Quando abro a porta, ela já foi embora.

Novamente, enfrento o silêncio.

PROPÓSITO

AQUI E AGORA.

E se Deus não souber que eu existo?

Neste imenso universo onde vivemos. Se Ele não souber, o que faço? Caso não haja um plano especialmente elaborado para mim, toda a minha existência deixa de ter sentido?

Seria magnífico não haver nenhum propósito para mim.

Nenhum sonho, nada para cumprir. Aí eu poderia ser livre para viver, curtir meus discos de rock, cultivar um bigode portentoso, tocar minha gaita blues ou simplesmente aproveitar o máximo de cada uma dessas coisas que me acalmam e que tornam meu pensamento menos inquieto. Mas, não! Passei os últimos anos da minha vida correndo atrás de um sonho. Lutando por algo que eu acreditava ser extraordinário, apenas pra não viver em vão, vagando sem destino pela terra. E o grande problema nisso tudo é que quando você tem uma missão na vida, todo o resto torna-se menos importante. E viver é importante. Este momento, aqui e agora. Usufruir da vida que está dentro de mim. Esta coisa pulsando no meu peito é tudo que existe, este coração.

Então, isso é importante?

Porque se não for, o que farei agora que fracassei e não cumpri minha palavra e não realizei nenhum dos meus próprios sonhos? Vivo simplesmente entediado e me embebedando? A vida já é tão complexa... Jamais irei compreendê-la totalmente.

Há algum sentido nisto?

A grandeza da vida é que não existe significado para ela. E não existe necessidade que ela o tenha. As pessoas estão constantemente tentando cultivar estes falsos sonhos. Transferem-os em *podcasts* descartáveis, livros e palestras. Somos miseráveis uns com os outros, transferindo sonhos vazios e ilusões. E assim, isso continua... Coisas que nós nos causamos, mantendo assim, certo sentido de vida. Há mesmo uma razão divina para tudo isso? Há tantas coisas acontecendo, coisas inacreditáveis, bem aqui e agora. Sinto que não preciso mais disto. Basta eu prestar atenção neste momento da minha vida e não precisarei mais de ilusões — minhas ou herdadas de um velho bigodudo. Não preciso mais da falsa aparência de um propósito, ou ter identidade e realização. Toda pessoa sonha em ter algum propósito, um sonho a ser realizado. Mas nem tudo nesse mundo é divino, aprendido ou herdado. Não ter nada extraordinário para realizar também faz de mim comum, simples e tão humano quanto realmente posso ser. E como resultado desta nova vida, independentemente de qualquer transtorno, ser um grande campeão.

Para tocar a introdução de "Baba O'Riley" na gaita, reproduzo os acordes com uma afinação em C (Dó). Mas, é importante notar que a gaita é um instrumento diatônico e nem sempre é possível replicar acordes complexos como no teclado ou guitarra. Essa é a minha adaptação simplificada da sequência dos acordes.

```
 6  6  6   6  6  6  6  6  6   6   6   6
-6 -6 -6  -6 -6 -6 -6 -6 -6  -6  -6  -6
 6  6  6   6  6  6  6  6  6   6   6   6
-5 -5 -5  -5 -5 -5 -5 -5 -5  -5  -5  -5
 5  5  5   5  5  5  5  5  5   5   5   5
```

SINTO MUITO

WISH YOU WERE HERE
QUERIA QUE ESTIVESSE AQUI

A Polaroid foi uma câmera de muito sucesso nos anos 70 e 80, que produzia fotos impressas instantaneamente. Talvez você não saiba, mas nessa época as fotografias eram captadas por um filme fotossensível de 35mm que necessitava de um laboratório para revelá-las em papel.

Essa tecnologia foi pioneira na época.

Acredito que o vô lembrava assim daquele momento único e especial.

JAQUETA ROCK AND ROLL com CAVEIRA

Essa é a jaqueta "perdida" do vô.

E essa é a caveira grafitada nas costas, segundo a minha representação artística.

Prefiro sempre desenhar as coisas porque, neste diário, decidi que tudo seria feito por mim.

Querido vovô Haskel,

Uma pessoa esteve aqui em casa faz alguns dias, vô. Ela deixou uma caixa sua que encontrou no velho sítio. Tem muita coisa legal dentro dela que você nunca mencionou, incluindo uma jaqueta jeans rasgada com uma caveira grafitada nas costas. Vasculhando os bolsos, achei uma foto muito antiga sua, quando era bem mais jovem. Vestia uma calça justa e uma camisa colorida que mostrava os pelos do peito. Na foto, estavam você com a minha avó e o Bruce Dickinson, o vocalista do Iron Maiden – a sua banda favorita. Pelo visual dele, deve ter sido na época do *Seventh Son of a Seventh Son*, de quando vocês viajaram pela Europa, muito antes de eu nascer, conhecendo os táxis ingleses, as cabines telefônicas e as demais coisas maneiras que tem lá.

Não há data, anotações ou mesmo um autógrafo nela.

O cenário parece o *backstage* de algum show ou coisa do gênero. Levei vários dias examinando aquela foto. Vocês parecem tão felizes nela. Imagino qual piada você teria contado para fazê-los rir daquela forma. Provavelmente uma daquelas que eu jamais entendi. É uma foto tão bonita, vô – fiquei com inveja. Não temos nada assim além de lembranças. Posso sentir a aura impressa ali. E isso me perturba:

Apenas felicidade autêntica capturada por uma Polaroid.

Por que o senhor nunca me contou sobre esse encontro magnífico? Por que não pediu o autógrafo para o Bruce ao invés me fazer persegui-lo anos depois, mesmo sabendo que provavelmente eu não conseguiria? Talvez eu tenha a resposta.

Esse álbum, que é o sétimo da banda em estúdio, gira em torno de diversas questões filosóficas: bem contra o mal, visões proféticas, misticismo, reencarnação e vida após a morte. E isso tudo é mesmo muito curioso agora, porque acho que me faz entender o luto. Aprendi muita coisa com o senhor, mas amadureci mesmo depois da sua partida. Então, talvez tudo se resuma a isso. De repente, o luto seja sobre transformação. Um ciclo de metamorfose; o tempo que levamos para entender quem nos tornamos com a ausência daqueles que amamos. Isso sempre nos impõe mudanças, não é mesmo? Muitas vezes, as mais difíceis de aceitar. Tem vezes, vô, que a dor é tão intensa que chegamos a ficar doentes. Mas pensar sobre isso não me deixa mais feliz ou triste agora porque me parece uma conclusão óbvia para isso tudo que escrevi aqui. Como eu já disse, não tenho a pretensão de explicar muito sobre nada.

Quero apenas que entenda.

Hoje sinto que sou diferente do garoto que começou este diário. Apesar disso, me adaptar e redescobrir como viver sem você para me fazer rir ou ensinar coisas que eu ainda não sei, ou mesmo para repetir histórias que já me contou mil vezes, não foi algo espontâneo. Levei muitos anos para aceitar minha dor, para perceber que não cumprir uma promessa feita porque estava triste, mesmo não tendo maturidade para cumpri-la, não me torna uma pessoa desprezível.

Você sabia de tudo isso.

Criou esse artifício para me motivar a buscar novas experiências, novas conexões e escolhas conscientes. Você nunca quis realmente aquele autógrafo. O seu sonho foi realizado no momento em que conheceu Bruce pessoalmente. Isso prova que reduzir a complexidade das relações humanas a um número médio (Dunbar) é simplificar demais a riqueza das relações. Você não pode dizer um número que funcione para todos. Me fazer lutar pelo autógrafo trouxe uma jornada desafiadora para mim, me aproximou da minha verdadeira essência, do meu lugar no mundo. E pessoas como Bruce são incríveis porque encontraram seu lugar. Sinto isso quando vejo um trem magnífico correndo pelos trilhos – ele foi criado exatamente para aquilo.

Tudo no mundo tem seu lugar.

Além disso, o fato de eu ter amadurecido não significa que eu não fique mais triste. Dói toda vez que vejo você no formato do meu rosto, das minhas mãos, no jeito que meu cabelo acorda bagunçado como o seu, quando sinto o cheiro de mexericas frescas. Quando inconscientemente imito meus cantores favoritos como você fazia ou na constatação de que quanto mais velho eu fico, mais parecidos nós dois ficamos, embora eu saiba que nunca chegarei aos seus pés porque, na verdade, a criatura é uma manifestação essencial de quem a criou. E foi você quem me criou e me fez quem sou.

Como foi que não percebi antes?

Tentamos ser como aqueles que admiramos. Olhando novamente para a foto, sei que o momento capturado não pode ser revivido, mas as emoções e a conexão que ela me traz continuam vivas. Agora percebo a verdadeira descoberta dentro da caixa. Não era a foto, mas a oportunidade de entender tudo melhor, de me aproximar da minha essência. O luto não é uma linha reta e as mudanças que ele traz muitas vezes são difíceis de aceitar. Ainda assim, é possível transformar a dor em uma força que nos ajuda a crescer e evoluir.

Obrigado por tudo o que o senhor me ensinou, vô. Eu prometo continuar buscando por meu lugar no mundo, assim como o senhor me ajudou a fazer em vida. Quem sabe, um dia, eu consiga ocupar a minha própria caixa e agradeça por todo o tesouro que há dentro dela. Por enquanto, vou apenas fingir passar batom nos lábios e dançar, também magro e desajeitado, finalmente chorando muito. Saudades. Te amo!

fim

Ao desembarcar, cuidado com o vão entre o trem e a plataforma!